아홉 개 언어로 독립을 외친 김규식

아홉 개 언어로 독립을 외친 김규식

초판 1쇄 발행 | 2025년 1월 29일

글쓴이 | 박혜선
그린이 | 김주경

펴낸이 | 조미현
책임편집 | 황정원
편집진행 | 윤나래
디자인 | 이하나
마케팅 | 임혁
제작 | 이현

펴낸곳 | (주)현암사
등록 | 1951년 12월 24일 · 제10-126호
주소 | 04029 서울시 마포구 동교로12안길 35
전화 | 02-365-5051 · 팩스 | 02-313-2729
전자우편 | child@hyeonamsa.com
홈페이지 | www.hyeonamsa.com
인스타그램 | instagram.com/hyeonam_junior

ISBN 978-89-323-7645-5 73810

제품명 도서 | **전화번호** 02-365-5051 | **제조년월** 2025년 1월 | **제조국명** 대한민국
제조자명 (주)현암사 | **사용연령** 8세 이상 | **주소** 서울시 마포구 동교로12안길 35
주의사항 책 모서리에 부딪히거나 종이에 베이지 않도록 주의해 주세요.
KC 마크는 이 제품이 공통안전기준에 적합하였음을 의미합니다.

아홉 개 언어로 독립을 외친

김규식

박혜선 글 · 김주경 그림

현암
주니어

차례

들어가는 글 · 6

고아원 아이 · 9
넌 어떨 때 행복하니? · 17
조국으로 돌아와 · 28
나의 쓰임이 그것이라면 · 44
파리에서의 외침 · 59

작가의 말 · 76
김규식의 생애와 업적 · 79

들어가는 글

1919년 제일 차 세계 대전이 끝나고 프랑스 파리
에서 각국 대표들이 모여 평화를 찾기 위한 회의를
열었다. 이 회의에 참가하기 위해 프랑스 우편선 포
르토스호에 오른 독립운동가가 있었다. 나라를 잃어
여권이 없었던 그는 중국 여권을 들고, 빼앗긴 나라
'조선'을 되찾기 위해 뱃머리에 서서 중얼거렸다.

"나는 말로 조선의 독립을 이룰 것이다."

그리고 파리에서 발표할 연설문을 쓰기 시작했다.
그의 이름은 '우사 김규식'이었다.

고아원 아이

"번개비! 어디 있니? 번개비!"

언더우드는 규식을 '번개비'라고 불렀어. 덩치는 작지만 얼마나 행동이 재빠르고 날쌘지, 눈앞에 있다가도 금방 사라져서 어디에서 뭘 하고 있는지 종잡을 수가 없었거든. 번개처럼 여기 번쩍 저기 번쩍. 어떤 날은 아침에 나가 늦도록 돌아오지 않는 날도 있었지. 언더우드는 요리조리 빠져나가 동네를 헤집고 다니는 규식을 찾아다니느라 늘 바빴어.

날쌔고 민첩하기로는 학당 수업에서도 마찬가지였

어. 규식은 무엇이든 빨리 배우고 또래보다 뛰어났지. 주일에는 언더우드를 도와 어린 동생들에게 영어로 된 성경을 읽어 주며 하나님의 이야기를 들려주기도 했어. 선생님들은 그런 규식을 늘 칭찬했지.

"번개비! 라틴어 선생님이 라틴어도 잘한다고 칭찬하던데."

규식의 영어와 라틴어 실력은 선생님들도 놀랄 정도였어.

"번개비, 넌 정말 멋진 아이야."

언더우드는 규식의 성적표를 들고
다니며 자랑을 했어. 너무 기뻐 얼굴엔
웃음이 가시지 않았어. 문득 규식을 처음
만난 날이 떠올랐어.

선교 활동을 하기 위해
조선을 찾은 언더우드는
정동 언덕에 집을 짓고,
고아원을 세우고,
학당을 만들었어.
거리의 아이들에게
집처럼 따뜻한 곳을
만들어 주고 싶었지.

배우고 싶은 아이들에겐 학교가 되어 주고, 부모가 없는 아이들에겐 아버지가 되어 주고 싶었어. 언더우드가 세운 고아원에 대한 소문이 퍼지자 거리의 고아들뿐 아니라, 살림이 어렵다며 아직 걸음마도 떼지 못한 아이를 맡기려는 사람들도 있었지. 그때 찾아온 아이들 중 한 명이 바로 규식이었어.

"여기가 아이들을 공짜로 키워 주고 입혀 준다는 서양인 고아원이오?"

네다섯 살 남짓한 아이의 손을 잡고 한 노인이 들어섰어.

"홍천에서 소문 듣고 왔소. 이 아이를 맡아 주시오. 아이의 아비는 옥에 갇혀 언제 나올지 모르고, 어미는 얼마 전 죽었소."

언더우드는 겁에 질린 표정으로 노인의 바지 자락을 꼭 쥐고 있는 아이에게서 눈을 떼지 못했지.

"저희 고아원은 이렇게 어린 아이는 맡을 수 없습니다. 학교에 다닐 나이가 되면 다시 오세요."

고아원을 세울 때 정한 규칙이었지.

"제발 받아 주시오. 이 불쌍한 아이를."

"사정은 알겠지만…… 정말 죄송합니다."

규식을 보내고 언더우드는 잠을 이루지 못했어. 어쩔 수 없이 돌려보내야 했지만, 시간이 지날수록 자신을 빤히 보던 아이의 눈빛이 자꾸 생각났지.

언더우드는 그길로 규식의 큰아버지가 산다는 강원도 홍천으로 향했어.

"아이를 만나러 왔습니다."

"쯧쯧. 이미 죽은 목숨이나 마찬가진데 이제 와서 뭣 하러……."

그때 병풍 뒤에서 이상한 소리가 들려왔어.

"으앙. 으……앙."

이어졌다 끊어졌다 하는 가느다란 울음소리였
지. 언더우드는 소리가 나는 쪽으로 다가가 병풍을
걷었어.

"오! 하나님."

병풍 뒤에 규식이 누워 있었어. 배가 고픈지 버둥
거리며 벽지를 뜯어 먹고 있었지.

언더우드는 얼굴 가득 눈물범벅이 된 규식을 조
심스럽게 안았어.

"가자. 이제부터 너는 내 아들이다."

그렇게 규식은 언더우드와 함께 이곳에서 지내게
되었지.

'그래, 백번 생각해도 저 아이를 홍천에서 데려온
건 잘한 일이야.'

언더우드는 그런 규식이 생각할수록 대견스러웠어.

넌 어떨 때 행복하니?

언더우드는 번개비를 아들처럼 아꼈지. 하지만 그런 번개비를 시기하고 놀리는 아이도 많았어.

"치, 고아원 아이 주제에 영어 잘하고 라틴어 잘하면 뭐 해? 남의 나라 거지나 되겠지."

학당에는 고아원에 사는 아이들 말고도 영어를 배우고 싶거나 학교에 다니고 싶어 오는 일반 가정집 아이들도 많았어. 그런 아이들은 고아원에서 지

내는 규식이 선생님들의 칭찬을 독차지하는 게 못마땅했지. 아이들은 규식을 놀리고 빈정거리며 괴롭혔어.

그 무렵 옥에 갇힌 규식의 아버지가 풀려났다는 소식이 들렸어. 규식의 아버지는 부산에서 나랏일을 했는데, 누명을 쓰고 옥살이를 하고 있었지.

'난 아버지랑 살 거야.'

그길로 규식은 고아원을 떠나 아버지와 함께 홍천에서 지냈어. 하지만 얼마 지나지 않아 아버지마저 병으로 돌아가셨어. 열한 살의 규식은 아이들 말대로 정말 고아가 되었지.

언더우드는 다시 학당으로 돌아온 규식을 말없이 안아 주었지. 그리고 아무 일도 없었던 것처럼 함께 밥을 먹고 이야기를 나누었어. 밤마다 성경을 읽어 주며 규식을 위해 기도해 주었지. 규식은 언더우드의 따뜻한 보살핌에 마음을 다잡았어.

"번개비, 또 책이구나."

규식은 틈만 나면 책에 빠져 지냈어. 책을 읽고 있으면 책 속의 주인공이 된 것 같았어. 모르는 곳이 나오면 그곳이 어디일까 궁금해 떠나고도 싶었지. 그래서 가끔 혼자 거리를 쏘다니기도 했어. 시끌시끌한 시장을 기웃거리다 보면 친구들의 놀림도 잊어버리고 속상했던 마음도 다 풀렸어.

"번개비, 왜 이렇게 늦었어? 걱정했잖아."

학당 공부를 마치고 밖을 나간 규식이 어둑해져서야 돌아왔을 때였어. 언더우드는 대문 앞에서 한참 동안 규식을 기다리고 있었지.

규식은 숨을 씩씩거리며 말했어.

"돈화문 앞까지 갔다 왔어요.

사람들 구경하러요."

　언더우드는 웃으며 장난스럽게

규식의 머리를 헝클었어.

　"그래, 오늘은 무얼 봤니?"

　"돈화문 앞에서 왜놈에게 맞고 있는 봇짐장수를

봤어요."

　규식이 시무룩한 얼굴이 되어 되물었어.

　"내 나라 내 땅에서 장사를 하는데, 왜 일본인이

이래라저래라 하는 걸까요?"

　"나라가 힘이 없으니까. 앞으로 더 억울한 일이

많아질 테지."

"화가 나서 참을 수가 없었어요. 달려가 소리치고 싶었지만 용기가 없었어요."

온몸에 힘이 빠진 듯 규식은 고개를 떨구었어.

"번개비, 잘 참았다. 하지만 네게 힘이 생기면, 그 땐 당당하게 말할 줄도 알아야 한다. 그렇지 않으면 더 억울한 일이 생긴단다."

"힘은 어떻게 하면 생기는 걸까요? 그 힘을 빨리 얻고 싶어요."

언더우드는 주먹을 질끈 쥔 규식을 꼭 안아 주었어.

"지금도 차곡차곡 네 마음에 힘이 쌓이고 있단다. 기다리렴. 때가 되면 넌 누구보다 큰 힘을 가진 사람이 될 거다."

규식은 주먹을 더 세게 쥐었어. 일본인의 발길질에 일그러진 봇짐장수의 얼굴이 더 생생하게 떠올랐지. 빨리 그때가 왔으면 하고 속으로 빌고 또 빌었지.

어느 날 언더우드가 책을 읽고 있는 규식에게 다정하게 물었어.

"번개비! 너는 무엇을 할 때 기분이 좋니?"

"모르는 걸 알게 되었을 때요. 저는 학당에서 배우는 모든 것이 다 좋아요."

"그래, 번개비. 네가 잘하고 좋아하는 일을 찾아 즐겁게 살았으면 좋겠구나."

언더우드의 말에 규식은 머릿속에 번개가 번쩍이는 것 같았어.

'내가 잘하고 좋아하는 일?'

규식은 읽고 있던 영어책을 품에 안았어.

'잘하고 좋아하는 일이 내게 힘이 되어 줄까?'

문득 그럴 것도 같았어.

언더우드 학당을 거쳐 한성 관립 영어 학교에 가서도 규식은 손에서 책을 놓지 않았어.

혼자 책 속에 빠져 있는 시간이 너무 좋았지. 책 속에 있는 수많은 세상을 경험하는 즐거움은 한 번도 가 본 적 없는 세상을 탐험하는 기분이었거든.

학교를 졸업한 규식은 열여섯 살에 신문사에 들어갔어. 당시 미국에서 의학 박사가 되어 돌아온 서재필이 『독립신문』을 만들었어. 규식은 그곳에서 서재필을 도와 함께 일했지.

어느 날 미국에서 온 소식지를 읽고 있던 규식을 보고, 서재필은 놀라 말했지.

"이것도 한번 번역해서 말해 보게."

규식은 그 자리에서 우리말로 읽어 나갔어. 서재필은 규식의 뛰어난 외국어 실력에 입을 다물지 못했지.

"누구는 총칼을 들고 힘없는 조선을 지키겠다고
나서고, 누구는 새로운 문물로 조선을 변화시켜야
한다고 외치네."

서재필의 말에 규식은 고개를 끄덕였어. 학교에 다니다 사라진 친구들 몇몇은 의병이 되어 외국 군대와 맞서 싸웠지.

"신문을 만들어 조선 사람들을 깨우치는 것도 중요하지. 하지만 자네는 외국에 나가 공부를 더 하게. 자네의 뛰어난 재주가 훗날 총칼보다 더 큰 힘이 되어 조선을 위해 쓰일 걸세."

'내 재주가 힘이 되어 조선을 위해 쓰인다고?'

규식은 가슴이 벅차올랐어.

배가 고파 병풍 뒤에서 벽지를 뜯어 먹던 번개비 규식은 그길로 미국 유학을 떠났어. 언더우드도 원하는 일이었지.

"잘 다녀오거라, 내 아들아. 죽을 고비를 넘기면서도 네가 훌륭하게 자랄 수 있었던 건 다 네 쓰임이 있기 때문이다."

규식은 미국으로 가는 배 안에서 그 쓰임이 무엇인지 생각하고 또 생각했지.

조국으로 돌아와

미국의 로어노크 대학에서 영문학을 공부하게 된 규식은 새로운 환경에 적응하느라 정신없이 바빴어.

"규식! 주말에 뭐 해?"

"나, 갈 곳이 있어."

규식은 친구들을 향해 웃으며 바삐 도서관으로 향했어. 주말에도 늦은 시간까지 도서관에서 책과 함께 보냈어.

그러던 어느 날, 규식은 책을 뒤적이다 문득 이런 생각이 들었어.

'세상의 모든 언어들은 저마다 특징들이 있지. 그렇다면 그 말들은 우리말과 어떤 차이가 있을까?'

규식은 궁금한 게 있으면 끝까지 파헤쳐 알아내고야 마는 성격이었어.

그날부터 규식은 도서관에서 살았지. 수많은 책과 자료들을 뒤지며 여러 나라의 언어를 살펴보고, 한국어와 닮은 점과 차이점을 분석했어. 누가 시킨 것도 아니고, 과제는 더더욱 아니었지만, 스스로 궁금한 것들을 풀어 나갈 때 불쑥불쑥 힘이 나고 마음이 두근거렸어.

몇 달간의 노력 끝에 규식은 한국어를 중심으로 영어, 프랑스어, 독일어, 라틴어, 산스크리트어를 비교하는 논문을 썼어.

"지금까지 나라별 언어에 대해 이렇게 비교한 논

문은 없었어요. 아주 훌륭합니다."

동양인 유학생 규식이 쓴 논문을 보고 교수들은 깜짝 놀랐어.

"이렇게 훌륭한 논문은 많은 학생들이 읽어야죠."

교수들의 추천으로 규식의 논문이 대학 잡지에 특집으로 실렸어. 그 이후로도 규식은 '조선과 그 주변 나라의 관계'라는 글을 잡지에 발표하기도 했지. 규식의 글은 서양인들에게 놀랍고 신비로운 세상을 보여 주는 것처럼 흥미를 끌었어.

규식은 힘든 일이 있을 때마다 언더우드의 말을 떠올렸어.

'내가 잘하고 좋아하는 일! 그 일이 내게 힘이 되어 돌아올 때까지 나도 열심히 나아갈 거야.'

언더우드의 말처럼 규식은 잘하고 좋아하는 일을 찾아 즐겁게 학교에 다녔어. 문학반에서 글을 쓰고,

연설 대회에 나가 최고상을 받기도 했지. 그러면서도 신문에 조선을 알리는 글을 쓰고, 조선의 미래에 대한 자신의 생각을 밝히기도 했어. 규식의 기사가 실릴 때마다 친구들은 동쪽의 작은 나라, 조선에 대해 더 궁금해했어. 규식은 그런 친구들에게 아름답고 착한 사람들이 사는 조선에 대해 이야기해 주었지. 그 순간만큼은 자신이 조선에 있는 것처럼 행복했어.

1903년 6월, 로어노크 대학 졸업식이 시작되었어. 로어노크 대학의 전통인 졸업 기념 연설을 할

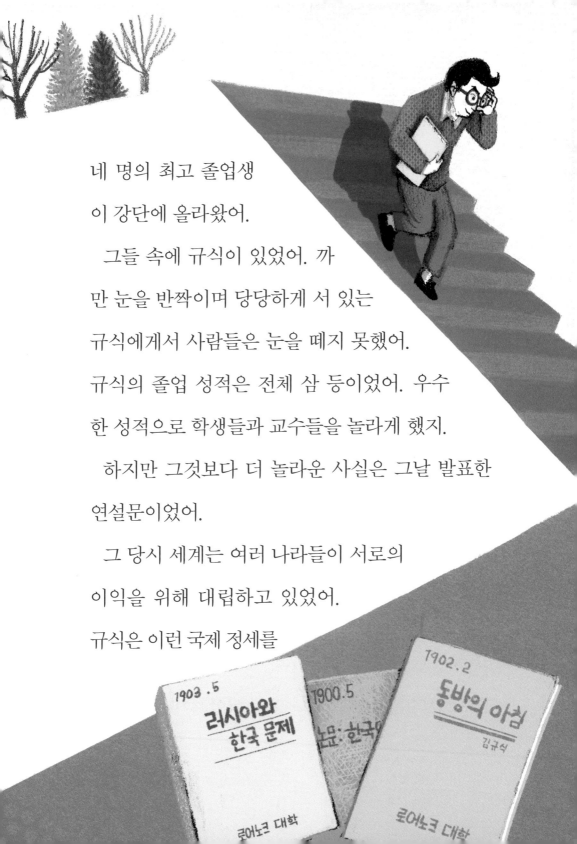

네 명의 최고 졸업생

이 강단에 올라왔어.

  그들 속에 규식이 있었어. 까

만 눈을 반짝이며 당당하게 서 있는

규식에게서 사람들은 눈을 떼지 못했어.

규식의 졸업 성적은 전체 삼 등이었어. 우수

한 성적으로 학생들과 교수들을 놀라게 했지.

  하지만 그것보다 더 놀라운 사실은 그날 발표한

연설문이었어.

  그 당시 세계는 여러 나라들이 서로의

이익을 위해 대립하고 있었어.

규식은 이런 국제 정세를

1903 . 5

리시아와
한국 문제

1900.5

논문: 한국이

1902. 2

동방의 아침

김규식

런어노크 대학

로어노크 대학

그냥 대수롭게 보아 넘기지 않았어. 힘센 나라들의 움직임이 자신의 나라, 조선에도 큰 변화를 몰고 올 거라는 걸 너무나 잘 알고 있었기 때문이지.

"다음은 김규식의 발표가 있겠습니다."

규식은 가슴이 벅차올랐어. 이 학교의 최고 졸업생으로 뽑혀 연설을 한다는 기쁨 때문이 아니었어. 졸업식장에 모인 수많은 사람들 앞에서 연설할 수 있는 기회를 얻은 것이 뿌듯했어. 자신의 연설은 곧 조선의 현실을 세계에 알리는 외침이기 때문이었지.

"동아시아의 미래는 어둡습니다. 땅과 바다에는 전쟁이 몰려올 것이고, 이 전쟁에서 러시아와 일본이 맞붙을 것입니다. 그리고 끝내 러시아는 고개를 숙일 것입니다. 그 사이에 나의 조국, 조선이 있습니다. 여러분! 조선의 평화는 남의 나라 먼 이야기가 아닙니다.

이 전쟁은 동아시아를 넘어 여러분들의 평화도 위협할 것입니다. 그러니 조선의 평화는 반드시 지켜져야 합니다."

놀랍게도 규식의 연설문처럼 일 년 후 러일 전쟁이 일어났고, 일본이 승리했어.

규식은 프린스턴 대학교로 옮겨 석사 과정을 마쳤어. 프린스턴 대학의 학장이 규식을 찾아왔어.

"규식! 당신의 글을 읽었소. 당신의 문장은 날카롭고, 이야기는 정의로우며, 당신의 생각은 누구보다 따뜻하게 느껴졌소. 나는 당신을 놓치고 싶지 않소. 우리 대학에 남아 박사 과정을 더 공부한다면 뭐든 돕겠소. 학비는 물론, 생활비에, 장학금도 주겠소. 물론 이곳에서 일할 기회도 주겠소."

학장의 간절한 부탁에도 규식은 흔들림 없이 말

했어.

"저는 저의 재주와 능력을 저의 조국을 위해 쓰겠습니다."

규식은 정중히 인사를 하고 조선으로 돌아오는 배에 몸을 실었지.

조선으로 돌아오자, 언더우드가 누구보다 규식을 반갑게 맞아 주었어.

"번개비, 드디어 왔구나. 벽지를 뜯어 먹던 그 아이가 이렇게 멋진 어른이 되어 돌아오다니. 네가 정말 자랑스럽구나!"

고국으로 돌아온 규식은 언더우드를 도우며 독립운동에 힘을 쏟았어.

규식이 다니던 언더우드 학당은 '경신 학교'로 이름을 바꾸었고, 학생들도 많아졌지. 규식은 이곳에서

영어뿐 아니라, 말과 글로 상대방을 설득하는 수사학도 가르쳤어. 또 외국 생활을 하며 자신이 겪은 이야기도 들려주었지. 그러나 그것보다 더 중요한 것은 지금 조국의 현실을 제대로 알리는 일이었어.

"나라를 빼앗기지 않고 끝까지 지키기 위해선 힘을 길러야 한다. 힘은 배움에서 나오고, 배움은 실천할 때 비로소 얻는 것이다."

규식의 말에 학생들은 서로 눈빛을 불태우며 고개를 끄덕였어.

"김규식이 돌아왔다. 위험한 인물을 여기 두어선 안 된다."

조선 총독부는 규식이 돌아온 것이 불안했어. 규식이 미국에 있었을 때부터 일본에 대한 좋지 않은 감정을 신문에 실으며 조선의 현실을 알리는 데 앞장섰던 일을 잘 알고 있었지. 규식이 제 나라에서

큰일을 도모하기 전에 미리 싹을 자르고 싶었던 일본 총독은 규식에게 이런 제안을 했어.

"당신을 도쿄 외국어 대학 영어 교수로 보내 주겠소."

"나는 내 나라에서도 할 일이 많소. 다른 이를 알아보시오."

"그럼 이건 어떻소? 일본 대학에서 공부를 더 할 수 있도록 돕겠소. 물론 장학금과 생활비도 넉넉히 주겠소."

그러나 규식은 고개를 흔들었어.

"미국에서도 그런 제안을 받았지만, 난 내 나라에 있는 것이 좋소."

규식은 일본의 제안도 당당하게 뿌리쳤어. 이곳에서 학생을 가르치는 일 말고도 할 일이 너무나 많았거든.

'암흑의 감옥에 갇힌 조국의 청년들을 위해 열심히 가르쳐 독립의 밝은 길로 나아가게 해야지.'

창밖의 햇살이 교실로 성큼 들어왔어. 학생들은 졸음을 쫓으며 열심히 규식의 강의를 듣고 있었지. 규식은 읽던 영어책을 덮었어. 그리고 학생들에게 크게 기지개를 켜라고 했지.

"오늘이 지나면, 우리는 또 오늘 하루만큼 일본인이 되어 갑니다. 생각 없이 그들의 뜻대로 살다 보면, 내가 조선인인지 일본인인지도 모를 지경에 이르게 될 것입니다. 그래서 우리는 우리가 어떤 민족인지 잊지 말아야 합니다. 빼앗긴 조국을 되찾으려는 마음을 칼날처럼 세워 당당히 나아가야 합니다."

그때 창밖에서 낯선 사람이 교실을 엿보는 것이 보였어. 규식은 얼른 영어책을 다시 펼쳐 들었어. 그리고는 책을 읽듯 또박또박 말했어.

"Freedom is not free! It comes at a price!*"

학생들도 눈을 반짝이며 따라 외쳤어.

"Freedom is not free! It comes at a price!"

규식을 향한 일본의 감시는 날이 갈수록 더 심해

졌어. 학교로 찾아와 규식이 보는 앞에서 일부러

제자들을 겁주며 괴롭히기도 했고, 교회로 찾아와

* 자유는 거저 얻는 것이 아니다. 자유에는 대가가 따른다!

규식을 구슬리기도 했지. 규식이 어디를 가는지,
누구를 만나 무슨 말을 하는지 알아내기 위해 사람
을 붙여 몰래 캐고 다녔어.

나의 쓰임이 그것이라면

1911년, 조선 총독부는 군자금을 모집하던 안중근의 사촌 동생 안명근을 포함해 105명의 독립운동가들을 잡아들였어. 일본 총독을 암살하려 했다는 누명을 씌워 모두 옥에 가두었지. '105인 사건'으로 불리는 이 일로 일본의 눈엣가시였던 독립운동가와 기독교인들이 잡혀갔어. 규식이 아버지처럼 따르던 언더우드와 다른 선교사들도 그때 잡혀갔지.

규식은 억울하게 잡혀간 사람들의 석방을 위해

밤낮없이 뛰어다녔어. 다행히 언더우드와 선교사들은 풀려났어. 규식은 이런 억지 누명이 앞으로도 계속될 거라는 걸 알았지. 그리고 자신 또한 언제 잡혀갈지 모르는 처지에 있다는 걸 너무나 잘 알고 있었지. 그래서 어쩔 수 없이 조국을 떠나기로 마음먹었어.

규식은 독립운동을 함께하기로 뜻을 모은 사람들과 함께 중국 상해행 기차에 올랐어.

일본 순사들은 기차 안을 샅샅이 뒤지며 독립운동가들을 찾아내느라 열을 올렸지. 규식이 탄 기차에도 일본 순사가 칸칸마다 다니며 검문을 했어.

"거기! 짐을 풀어 봐라!"

일본 순사가 규식의 보따리를 발로 차며 총을 들이밀었어. 규식은 침착하게 인삼이 든 보따리를 풀어 보이며 말했지.

"보시다시피 인삼이오. 난 중국으로 인삼을 팔러 가는 길이외다."

"여기! 이것도 인삼인가?"

일본 순사는 다른 보따리를 툭툭 차며 물었어.

"조심하시오! 인삼 뿌리가 상하면 헐값이란 말이오! 당신들이 인삼값을 다 내 줄 것 아니면 당장 그 발을 치우시오!"

규식이 큰 소리로 호통치자, 일본 순사는 그대로 지나쳤지.

검문이 가장 철저하고 무섭다는 압록강 국경에 다다랐을 때였어. 기차가 멈추고 검문이 시작되었지. 차림새나 말투가 조금만 수상해도 기차에서 끌어 내려 국경 검문소로 잡아갔어. 총을 든 일본 순사가 칸마다 눈을 부라리며 기차 안을 둘러봤어.

몇몇 사람이 역에서 내려 검문소로 끌려간 후 다시 기차에 오르지 못하는 것을 본 규식은 이번이 큰 고비라고 생각했지.

규식은 누가 봐도 인삼 장수처럼 보이려고 일부러 뿌리가 보이도록 보따리를 풀어 놓고 있었지.

"중국까지 갈 것 없이 값만 잘 쳐 주면 여기서 바로 팔 생각이오."

규식은 괜히 옆자리에 앉은 사람에게 흥정을 하듯 인삼 가격을 올렸다 내렸다 하며 목소리를 높였지.

"거기, 인삼 장수. 한 번만 더 시끄럽게 굴면 당장 기차에서 끌어 내리겠다."

규식은 알겠다는 듯 고개를 주억거리며 말했어.

"예예. 기차 안에서 좀 편히 팔고 가려 했구만. 어쩔 수 없이 먼 길 떠나야겠군."

그러고는 소매로 코를 팽, 풀어 닦았지. 일본 순

사는 인상을 찌푸리며 그 자리를 떠났어.

규식은 인삼 장수로 변장해서 무사히 중국 상해로 도망쳤지. 그곳에서 '동제사'란 독립운동 단체를 만들었어. 동제사는 조선의 독립운동 단체를 후원하고, 독립 자금을 모으는 일을 맡았지. 겉보기에는 외국에서 필요한 물건을 사고, 그곳에 필요한 물건을 파는 국제 무역 회사 같았어. 하지만 실제로는 독립운동의 뜻을 가진 사람들의 비밀 모임으로, 독립 정신을 일깨우기 위해 공부도 열심히 했어. '박달 학원'을 세워 조선 청년들에게 나라를 사랑하는 마음을 키워 주고, 국제 무대에서 당당히 자기 목소리를 낼 수 있도록 외국어도 가르쳤지. 규식은 이곳에서 청년들에게 영어를 가르쳤어. 프랑스어는 물론 러시아어와 라틴어 등 이것저것 필요한 것들도 알려 주었지.

"선생님은 도대체 몇 개의 언어를 하세요?"

"우리말까지 합치면 아홉 개? 하하하."

농담처럼 말하는 규식을 보며 학생들은 놀라 입을 다물지 못했지.

"정말 대단하세요, 선생님."

박달 학원 수업이 끝나고 늦은 밤에는 동지들에게 외국어 과외 수업을 하기도 했어. 국내외를 넘나들며 독립운동을 하려면 언어를 많이 아는 것 또한 큰 힘이 된다는 걸 규식은 너무나 잘 알고 있었지. 독립운동가 신채호도 학생들이 돌아가고 나면 규식에게 영어를 배웠어.

김규식은 유창한 외국어 실력으로 중국 지도자를 만나 정보를 얻을 때는 중국어로, 비밀 장교 양성을 위한 군사 학교를 세우기 위해 몽골에 갔을 때는 몽골어로 소통했어. 러시아에서 연설을 할 때는 러시아어로 유창하게 말했어.

말이라는 건 정말 힘이 셌지. 규식이 그 나라 말로 연설을 하고 나면, 중국도 러시아도 조선과 같은 마음이 되었어. 국제 무대에서 점점 힘이 커지는 일본에 대해 분노하며 서로 힘을 합쳐 뭉치는데 규식의 언어 소통은 큰 역할을 했어.

규식은 몽골 우르가(현재 울란바토르)에 가서 이

태준 박사와 독립군들과 함께 비밀 군사 학교를 세우고 싶었어. 적을 기습 공격하는 게릴라 부대를 이끌 장교들을 길러 내려고 말이야. 하지만 군사 학교를 세우려면 돈이 많이 필요했지.

몽골어와 중국어도 뛰어난 규식은 외국 회사에 취직해 독립 자금을 모았어. 외국어가 능숙하지 못했으면 불가능한 일자리였어. 게다가 더 좋은 것은 외국 회사에서 일을 하다 보니 일제의 감시를 피해

갈 수 있었다는 것이지. 규식은 나라 밖에서도 장사를 하고, 외국어를 가르치며 독립운동을 위해 발로 뛰어다녔어.

1919년 초였어. 어느 날 상해에 있는 여운형에게서 소식이 왔어.

"김규식 선생, 속히 상해로 와 주시기 바랍니다."

규식은 급히 상해로 달려갔지.

"잘 왔소. 김규식 선생, 당신의 도움이 필요하오. 신한청년당과 함께 일합시다."

규식은 가슴이 뛰었어.

제일 차 세계 대전이 끝날 무렵인 1918년 1월, 미국의 윌슨 대통령은 '민족 자결주의'를 외쳤어. 민족 자결주의란 모든 민족은 자기 나라의 문제를 스스로 결정할 수 있으며, 다른 나라의 간섭을 받을

수 없다는 말이었지. 그 말은 일본의 간섭에서 벗어나려 하는 조선 사람들에게 독립을 향한 거센 불길이 되었어.

때를 맞춰 여운형과 함께 장덕수, 서병호 등 50여 명의 젊은이들이 뜻을 모아 신한청년당을 조직했어. 신한청년당은 독립을 위해 모인 젊은이들이었어. 독립과 함께 독립한 이후에도 민족을 개혁하고, 학문과 산업을 발전시켜 실력과 힘을 갖춘 나라를 만들겠다는 목표를 세웠지. 규식은 신한청년당의 목표가 마음에 들었어.

"김규식, 당신이 조선의 대표가 되어 파리로 가시오. 가서 파리 강화 회의가 열리고 있는 회의장에

들어가 조선은 독립되어야 마땅함을, 조선은 자유
국임을 당당하게 주장해 만천하에 일본의 부당함
을 알려 주시오."

그 말을 듣는 순간 규식은 가슴이 뜨거워졌어.

'나의 쓰임이 그것이라면 나는 가시밭길을 건너
서라도 나를 필요로 하는 곳으로 달려갈 것이다.
가서 백 번이고 천 번이고 조선의 독립을 외칠 것
이다.'

신한청년당 대표 여운형이 독립 청원서를 썼어.
그 글을 규식이 영어와 프랑스어로 번역했지.

규식은 벅차오르는 가슴을 진정시키며, 번역한
독립 청원서를 품에 안고 1919년 2월 1일 프랑스
우편선 포르토스호에 몸을 실었어.

파리에서의 외침

    규식은 여러 날을 바다 위에서 보내며 어떻게 하면 파리 강화 회의장에 무사히 들어갈 수 있을까 생각하고 또 생각했어.

    프랑스 배를 탔지만 안심할 수 없었어. 어디에서든지 일본의 감시를 피해 조심해야 했어. 독립 청원서가 발각되는 날엔 모든 노력이 물거품이 될 게 뻔했지. 규식은 사람들의 눈을 피해 몰래 준비한 연설문을 수없이 읽고 또 읽으며 연습했어.

    '회의장에 들어갈 수 있을까?'

'세상이 나의 외침에 귀를 기울일까?'

불쑥불쑥 두려움이 고개를 들었어. 제일 차 세계 대전에서 승리한 힘센 나라들이 동쪽에 있는 작은 나라, 조선에 그렇게 쉽게 관심을 가져 주지 않을 거라는 걸 알고 있었지. 그럼에도 규식은 물살을 가르며 파도를 넘어 달리는 포르토스호를 보며 생각했지.

'난 앞으로 일어날 모든 일에 최선을 다할 것이다. 막아서면 뚫고, 닫으면 열고, 멈춰 세우면 뛰어넘어서라도 반드시 임무를 완수해야 한다.'

프랑스까지 가는 40여 일 동안 몇 번이나 배가 심하게 흔들렸어.

"흔들림이 있어야 더 꼿꼿하게 설 수 있다."

규식은 마치 출렁이는 물살이 자기 앞을 가로막는 무엇인 양 이글거리는 눈빛으로 한참을 쏘아봤어.

규식은 뒤에 일어날 일을 미리 알고 있었던 것처럼 떠나기 전 신한청년당에 이런 부탁을 남겼어.

"내가 파리에 도착할 즈음, 우리 민족 전체가 똘똘 뭉쳐 독립의 의지를 보여 줘야 합니다. 일본은 조선 사람들이 일본의 지배를 오히려 고마워한다며 각국 대표들에게 떠들고 다닙니다. 그 말이 거짓임을 우리의 함성으로 세상에 밝혀야 합니다."

부인에게는 고국에 가서 독립운동가들에게 일본의 폭력에 대항하는 시위를 벌여 달라고 부탁하게 했지. 조선의 독립 의지가 세계에 알려져야만 파리 강화 회의에 모인 각국 대표들도 관심을 가지게 된다는 이유에서였어.

맞는 말이었어. 규식의 예상대로 일본은 서양의 힘 있는 나라들을 찾아다니며 거짓 선전을 하고 있었어. 가난하고 천한 조선 백성들을 깨우쳐 잘 살

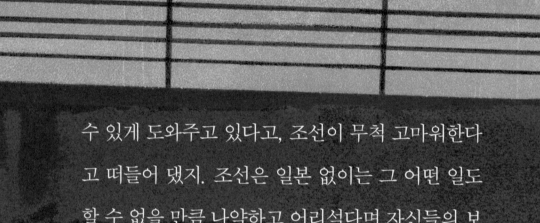

수 있게 도와주고 있다고, 조선이 무척 고마워한다고 떠들어 댔지. 조선은 일본 없이는 그 어떤 일도 할 수 없을 만큼 나약하고 어리석다며 자신들의 보살핌을 반긴다고 말이야. 규식은 말도 안 되는 이 일에 감정을 앞세우기보다는 냉정하게 맞서야 한다고 생각했지. 일본의 거짓 선전을 세계에 알리기 위해서라도 파리 강화 회의장에 꼭 들어가야 했어.

신한청년당은 규식의 계획대로 발 빠르게 움직였어. 1919년 2월 8일에 일본 도쿄에서 유학생들이

발표한 이팔 독립 선언은 3월 1일, 조선을 태극기의 물결로 뒤흔든 삼일 운동에 큰 영향을 주었지.

자갈밭을 일구던 거친 농부 손에도, 빨래를 하던 아낙의 손에도, 콧물 흘리며 골목을 뛰어다니던 어린아이들까지 태극기를 들고 파도처럼 쏟아져 나와 조선의 독립을 외쳤지. 규식은 그 간절한 외침이 조선을 지나 세계를 뒤흔들 거라는 걸 알았어.

"전 세계의 동정만으로 우리는 독립할 수 없습니다. 우리의 독립은 우리 손으로 이루어야 합니다. 우리의 독립은 우리의 강인한 마음으로만 되는 것입니다. 우리가 단결하여 싸우되, 마지막 핏방울이 떨어질 때까지 싸워야 합니다."

1919년 3월 13일, 드디어 프랑스 마르세유항에서 내린 규식은 굳게 마음먹고 파리로 들어섰어.

독립의 간절한 마음이 담긴 독립 청원서를 넣은 가방을 들고 있으니 1분 1초도 지체할 수 없었어. 규식은 파리 강화 회의가 열리고 있는 회의장에 들어가기 위한 준비를 서둘러 마친 후, 베르사유 궁전으로 달려갔지.

"멈추시오."

프랑스 외무성 직원들이 베르사유 궁전 문 앞에서 규식의 앞을 가로막았어.

"어느 나라 대표로 왔습니까?"

"난 한국 대표로 왔소."

규식은 유창한 프랑스어로 당당하게 말했지.

"한국?"

막아선 사람이 고개를 갸웃거렸어.

"이 회의는 정부의 대표자만 참석할 수 있소. 초대장을 보여 주시오."

나라가 없어 중국 여권을 들고 이곳에 온 규식은 이런 일이 있으리라는 것을 예상하고 있었어. 규식은 회의장 앞에서 당당한 목소리로 말했지.

"나는 한국 신한청년당 수석 대표로 왔소."

외무성 직원은 회의장 문을 열어 주지 않았어. 하지만 규식도 물러설 수 없었지. 뱃머리에서 파도를 보며 몇 번이고 다짐했던 규식이었어. 막아선다고 물러설 것 같았으면, 그 먼 길을 달려오지도 않았지.

"비키시오! 나는 이 회의에 꼭 참석해야 하오."

규식의 쩌렁쩌렁한 목소리가 회의장에 울려 퍼졌어.

하지만 회의에 참가한 힘센 나라들은 일본의 말을 들어 주었지. 민족 자결주의는 유럽의 힘없는 나라에만 해당하는 이야기였지, 일본이 빼앗은 조

선은 해당하지 않는다며

고개를 돌렸어. 그렇다고 포기할

규식이 아니었어.

규식은 샤토당가 38번지 어느 시인의 집을 빌려

'한국 대표관'이라고 간판을 걸었어.

'정부가 없다면 만들면 된다.'

회의장에 들어서지도 못한 채 쫓겨난 규식은 신

한청년당 당원들에게 전보를 쳤지.

"하루빨리 조선을 대표할 수 있는 정부를 수립하

시오. 그리고 내가 정부를 대표하는 사람임을 증명

할 수 있도록 임명장을 보내 주시오."

1919년 4월 11일, 규식의 부탁대로 드디어 상해

에서 '대한민국 임시 정부'가 세워졌어. 규식은 대

한민국 임시 정부의 외무총장으로 임명되었어. 규

식은 간판부터 '대한민국 임시 정부 파리 위원회'로
바꾸고 신한청년당, 대한 국민 의회 정부, 대한민
국 임시 정부, 세 단체의 해외 한국 대표로 공식 활
동을 시작했어. 그리고 다시 베르사유 궁전에 있는
파리 강화 회의장으로 달려갔어.

"자, 여기."

규식은 그들 앞에 대한민국 임시 정부의 임명장
을 흔들며 내보였어.

"나는 대한민국 대표로 이곳에 왔소. 어서 문을
여시오."

하지만 회의장 문을 지키던 사람들은 규식을 끝
내 들여보내 주지 않았어. 오히려 일본의 지시를
받은 프랑스 경찰은 규식을 따라다니며 감시하기
시작했어.

"회의장에 들어갈 수 없다면 회의장 밖에서 외치

면 될 일이다.”

규식은 밤을 새워 편지를 쓰고, 그 편지를 각 나라 대표들에게 보냈지.

“민족이 스스로 의지에 따라 정치적 결정을 내려야 한다는 민족 자결주의는 누구를 위한 것인가. 조선은 오천 년의 역사를 지닌 나라로, 그 어떤 나라보다 뛰어난 문화를 가진 나라요.”

규식은 어느 곳이든 사람들이 모여 있으면 조선 사람들의 독립에 대한 간절함이 담긴 ‘독립 청원서’를 읽고 또 읽었지. 국제도시 파리에는 파리 강화 회의에 모인 각국의 대표들만 있는 게 아니었어. 세계에서 몰려든, 평화를 꿈꾸는 사람들과 정의를 사랑하는 기자들도 많았지.

규식은 그들을 향해 영어로, 프랑스어로, 러시아어로 외쳤어.

"여기 있는 누구 하나 알았겠는가?

동쪽의 작은 섬나라로만 알았던 조선을.

힘 있는 나라, 그 누가 조선의 외침에 귀 기울이겠는가?

일본의 속박 아래 떨고 있는 이천만 영혼들의 간청에

도 모른 척하면서, 과연 힘센 나라들이 평화를 위하고

정의를 사랑한다고 말할 수 있는가?"

-1919년 8월 8일, 라 랑테른 신문-

규식은 목을 가다듬고 가슴 밑에서부터 끓어오르

는 분노를 담아 외쳤어. 일본을 비판하고, 그런 일

본과 손잡으며 평화와 자유를 버리고, 오로지 이익

에 눈이 먼 강대국들의 야욕을 꼬집었지.

가던 사람들이 걸음을 멈추고 규식의 말에 귀를

기울였지. 터져 나오는 박수 속에서 규식의 목소리

는 파리의 하늘에 당당하게 울려 퍼졌어. 그 자리

에 있던 신문 기자들은 규식의 외침을 신문에 옮기기 시작했어.

한 신문 기자는 주먹을 쥐고 열변을 토하는 규식을 보며 이렇게 말했지.

"회의장에 있는 각국의 대표가 지금 이 자리에 있었다면, 아마 그의 주먹이 용서하지 않았을 것이다."

지금 규식의 마음이 바로 그러했어. 일본의 방해와 힘센 나라들의 무관심에도 규식의 독립 외교 활동은 멈추지 않았어. 일본의 눈을 피해 여러 개의 이름으로 자신의 신분을 숨겨 가며 미국에서, 러시아에서, 중국에서도 빼앗긴 나라를 되찾기 위해 뛰어다녔어.

"번개비? 어디 갔니?"

규식은 문득 어릴 때 언더우드가 불러 준 이름을 떠올렸어. 그럴 때마다 굳게 다짐했지.

번개처럼 나타났다, 번개처럼 사라지던 규식을
부르던 이름. 아침에 나가 밤늦도록 동네를 뛰어다
니던 어린 번개비처럼 조국의 독립을 위해서라면
세상 어디든 달려가겠다고. 늦은 밤 집으로 돌아가
듯 빼앗긴 나라를 꼭 되찾아 돌아가겠다고.

작가의 말

세상을 누비며 독립을 외치던 김규식의 목소리가 하늘에 닿았을까. 1945년 8월 15일, 드디어 대한민국은 독립을 맞이했다. 그러나 독립의 기쁨은 그리 길지 못했다. 1950년 6월, 민족끼리 총칼을 겨누는 한국 전쟁이 일어났고, 김규식은 북한군에 끌려가 그해 12월, 평안도 작은 마을에서 추위를 견디지 못하고 천식과 동상으로 눈을 감았다.

어린 시절 고아로 버려져 죽을 고비를 넘기면서도 자신이 좋아했던 책 읽기와 말하기와 글쓰기를

멈추지 않았던 김규식. 그의 책 읽기는 세상으로 나아가는 당당한 걸음이었다. 아홉 가지 언어로 외친 그의 말은 세상을 깨우는 함성이 되었고, 그의 글은 비겁한 세상에 내리치는 천둥이고 번개였다.

번개비 김규식의 소원은 독립된 조국에서 다 함께 행복해지는 것이었다. 일본의 침략으로 빼앗긴 나라를 되찾아, 예전처럼 배우고자 하는 이는 마음껏 공부하고, 일하고 싶은 이는 열심히 일을 하는 세상. 노래 부르고 싶으면 노래를 부르며, 그렇게 평범하고 즐겁게 내 나라의 주인으로 사는 것이었다.

이런 소박한 행복을 찾기 위해 수많은 독립운동
가들이 목숨을 잃었다. 나라 안에서, 나라 밖에서
도 독립을 외친 그들의 소원은 오로지 조국의 독립
이었다.

어쩌면 하늘에서도 그들은 여전히 꿈꿀 것이다.

'남과 북이 아닌, 하나 된 나라에서 다 같이 행복
하고 즐겁게 살고 싶다.'

번개비, 김규식이 그렇게 원했던 마지막 소원처럼.

번개비가 떠난 날을 기억하며

박혜선

김규식의 생애와 업적

1881년 1월 29일 조선 경상도 동래 도호부(현재 부산광역시 동래구) 출생.
아버지가 일제의 불평등 무역을 지적하는 상소를 올린
일로 옥에 갇힌 후, 힘든 어린 시절을 보냄.

1884년 어머니와 함께 서울로 올라옴.

1886년 어머니 사망.

1887년 언더우드 목사의 양아들이 되어 고아원에서 지내게 됨.

1892년 아버지 사망.

1894년 한성 관립 영어 학교 입학.

1896년 서재필이『독립신문』창간, 학교를 졸업한 김규식이
이곳에서 일하게 됨.

1897년 언더우드와 서재필의 추천으로 미국으로 유학을 떠남.

1903년 로어노크 대학 전체 3등의 성적으로 6년 만에 졸업.
프린스턴 대학원 영문과에서 1년 만에 영문학 석사 학위 받음.

1904년 귀국해 언더우드의 일을 도우며 학생들을 가르침.

1913년 중국 상해로 망명.

1914년 제일 차 세계 대전 일어남. 군사 학교 설립을 위해 몽고
우르가(현재 울란바토르)로 건너가 가죽 장사를 하고,
학생들에게 영어를 가르치며 군자금을 모음.

1917년 러시아에서 10월 혁명이 일어남.
러시아 연해주에서 '전로 한족 중앙 총회'가 결성되자 참여.

1919년 2월 상해에서 프랑스 파리로 출발.

신한청년당에서 파견한 파리 강화 회의 한국 대표단 수석

대표로 참여.

3월 13일 프랑스 파리 도착.

4월 임시 정부에서 '대한민국 임시 정부 외무총장 겸 파리

주재 위원'으로 선임됨.

5월 파리 강화 회의에 '한국 독립에 관한 청원서'와 '한국

독립 항고서' 제출.

9월 '구미 외교 위원부'와 함께 미국 서부를 돌며 독립의

중요성을 일깨움.

1920년 미국을 떠나 하와이, 오스트레일리아, 필리핀 등을 거쳐

상해로 오며 민족의 단결과 독립에 관해 연설.

1921년 모스크바에서 연설.

1927년 상해에서 안창호와 함께 독립운동을 함.

1930년 임시 정부 학무장 취임.

1944년 임시 정부 부주석으로 임명되어 김구와 함께 임시 정부를 이끎.

1945년 8월 15일 해방.

1950년 6월 25일 한국 전쟁 일어남. 이후 북한군에 의해 강제 납북됨.

1950년 12월 10일 평안도 만포진에서 사망.

1989년 김규식의 공훈을 기려 '건국훈장 대통령장'으로 추서됨.